HARANGUE BURLESQUE

FAITE

A MADEMOISELLE

AU NOM DES BATELIERS D'ORLÉANS

Contenant le narré de fon entrée dans la ville

H. HERLUISON, LIBRAIRE-ÉDITEUR

ORLÉANS

3790

HARANGUE

BURLESQUE

FAITE A

MADEMOISELLE DE MONTPENSIER

AU NOM DES BATELIERS

D'ORLÉANS

Contenant le narré de fon entrée dans la ville

PAR DANGERVILLE

ORLÉANS

H. HERLUISON, LIBRAIRE-ÉDITEUR

17, rue Jeanne-d'Arc

1875

CETTE pièce, conçue & écrite dans le ſtyle particulier à l'époque de la Fronde, ne porte pas de date, & n'en avait pas beſoin. La circonſtance hiſtorique pour laquelle elle fut compoſée eſt reſtée longtemps populaire à Orléans, & conſtitue, du reſte, un des faits les plus curieux de ce temps ſi fertile en bizarres équipées, qu'on appelle la Minorité de Louis XIV.

La « Mademoiſelle » ſi gauloiſement haranguée en ces vers eſt, perſonne ne l'ignore, la ducheſſe de Montpenſier, fille de Gaſton, duc d'Orléans, frère du roi Louis XIII.

Quant au fait de guerre qui a inſpiré l'auteur de la harangue, il eſt utile de le rappeler avec quelque détail, afin que le lecteur ſoit mieux à même d'en ſuivre le récit burleſque. Il ſuffira de reproduire les extraits ſuivants de l'*Hiſtoire de France* d'Anquetil :

« ... La marche de l'armée (royale) menaçait Orléans,
« chef-lieu de l'apanage de Monſieur ; & l'avis qu'il en eut
« renouvela toutes ſes perplexités.... Ces angoiſſes finirent
« par l'expédient d'envoyer Mademoiſelle à Orléans ſoutenir
« les partiſans de ſon père contre ceux qu'on ſavait bien y
« avoir été gagnés par la cour.

« ... La jeune perſonne, tout émerveillée de jouer un rôle,
« ſe perſuada fermement qu'elle réuſſirait. Elle partit, le
« 26 mars (1652), avec cette aſſurance, fondée principale-
« ment, tant ſon eſprit était faible, ſur la prédiction d'un
« aſtrologue. Arrivée devant la ville, elle en trouva les
« portes fermées. On lui crie d'attendre ſous les murs que
« les habitants tiennent une aſſemblée pour ſavoir s'ils
« recevront le garde-des-ſceaux & le conſeil du roi, qui
« demandent auſſi à entrer. Elle aperçoit des bateliers,
« leur jette quelque argent, & s'informe s'ils ne peuvent
« pas l'introduire. Ils lui montrent une vieille porte, mal

« terraffée, & s'offrent de lui faire par là un paffage : elle
« l'accepte avec un tranfport de joie. Les uns brifent les
« planches, les autres écartent les immondices, & enfin on
« fait un trou par lequel ils introduifent la jeune princeffe
« avec fes deux dames. Ils la placent fur un vieux fauteuil
« de bois, & la portent en triomphe à l'hôtel de ville. Elle
« était fuivie de toute la populace, que ce fpeɕacle avait
« raffemblée en un inftant. Son arrivée, avec ce cortége
« très-impofant pour des bourgeois défarmés, mit fin à la
« délibération. On envoya dire à Molé qu'on ne pouvait le
« recevoir ; & Mademoifelle ordonna qu'on accompagnât
« ce meffage d'une falve de moufqueterie, qui fit changer
« de chemin au confeil. »

Les deux dames qui accompagnaient Mademoifelle dans
cette aventure étaient la comteffe de Fiefque & la comteffe
de Frontenac, ainfi qu'on le voit d'ailleurs par une des
deux pièces placées comme appendices à la fuite de la
harangue burlefque[1]. Le duc d'Orléans, qui n'avait pas,
comme le dit encore Anquetil, grande confiance dans le
jugement & la conduite de fa fille, difait en la voyant aller
vers Orléans : « Cette chevalière ferait bien ridicule, fi le
« bon fens de mefdames de Fiefque & de Frontenac ne la
« foutenait. »

La harangue des bateliers d'Orléans, par l'exaɕitude &
la précifion du « narré » qu'elle contient, méritait d'être
réimprimée & placée en bon lieu parmi les curiofités de
notre hiftoire locale. M. Herluifon ne pouvait manquer
d'y pourvoir. Elle tient, par un autre côté, son rang parmi
les *maʒarinades* de bon aloi.

---

[1] L'auteur de la pièce nomme Madame *de Fronfac* au lieu de
Madame de Frontenac. C'eft une erreur matérielle, fur laquelle il
n'y a pas à infifter.

A. TARDIVEAU.

15 mai 1875.

HARANGVE
BVRLESQVE
FAITE A
MADEMOISELLE
Au nom des Batteliers
d'Orleans

Contenant le narré de son Entrée dans la Ville.

A ORLEANS,

Chez GILLES HOTOT, Imprimeur du Roy,
de son Altesse Royale, & de la Ville.

HARANGVE BVRLESQVE

faite a Mademoiſelle, au nom des
Batteliers d'Orleans.

DAME BOVRBON *ne vous déplaiſe*
D'ouyr haranguer Maiſtre Blaiſe,
Et pour l'ouyr plus à voſtre aiſe
Prenés s'il vous plaiſt vne chaiſe.
Pour luy il ſe tiendra debout,
Et s'il le peut, il dira tout,
Sans regarder dans ſon Grimoire,
Il eſt d'aſſés bonne memoire,
Sans parler de ſon iugement
Dont on ne doute nullement.
Tous nos Meſſieurs de la Marine
L'ont choiſi ſur ſa bonne mine,
Pour de la part du Portereau
Vous venir faire vn pied de veau,
Et vous ramener en penſée
Comment la ſemaine paſſée
Nous en dépit du Maſcarin
Vous fiſmes entrer & voſtre train,
Ayant conclu noſtre Aſſemblée

Qu'on romproit la Porte Brulée.
De la Ville les gros Milors
Dans leur Conſeil eſtoient alors,
Pour ſçauoir ſi Porte Banniere
Seroit ouuerte, & ſa Barriere,
Pour faire paſſer voſtre Cour,
Qui fut Chartreuſe pour ce iour,
Ou du moins pour trois ou quatre heures,
Car bien-toſt ces triſtes demeures
Vous firent chercher autre part
Logis auant qu'il fut plus tard.
Vous auançaſtes vers la Ville
Comme du Maiſtre eſtant la Fille,
Penſant qu'on mettroit le Pont bas,
Neantmoins on ne le fit pas.
Je ne ſçay quelle fantaiſie
Tenoit alors la Bourgeoiſie,
Et ſi par feinte ou tout de bon
A la Porte on vous dit que non :
Quoy qu'il en ſoit ce coup de Fronde
Vous fit faire vne demy Ronde.
Quand ie vous vis au Rauelin,
Ie penſay vous tendre la main,
Et apres vne reuerence
Vous mener droit à Recouurance.

Vous fouuient-il de ce foſſé
Par lequel vous auez paſſé ?
Ce fut ma Tante Perronnelle
Qui vous auoit preſté l'Eſchelle.
Celle du petit fils d'Abraham
Ne fut iamais en ſi haut rang :
Depuis cela le voiſinage
La vient voir en pelerinage,
Et mon oncle Iacques Buſchet
Croid qu'il mourroit s'il la touchoit.
On eſtime plus ceſte Eſchelle
Que les Gregues de la Pucelle.
On nous mettroit pluſtoſt à mort
Que de nous rauir ce threſor.
Apres cette belle eſcalade
Vous reçeuſtes la ſaluade
Des notables de noſtre Quay,
D'vn œil & d'vn viſage gay.
Ils crioient c'eſt noſtre Princeſſe,
Viue le Roy, & ſon Alteſſe,
Par la mort, pourquoy ces Bourgeois
Luy font-ils viſage de bois ?
S'ils ne l'ouurent, Diable m'emporte,
Ie m'en vais enfoncer la porte.
Ho la ho, noſtre Caporal

Voſtre beſte n'eſt qu'vn cheual.
Si vous n'ouurez à la Princeſſe,
Ouurez au plutoſt, elle preſſe :
Au diable ſi pas-vn parla,
Sinon pour dire qui va là ?
Ouure, ouure, c'eſt Mademoiſelle
Crioit-on à la ſentinelle ;
Mais ce pauure Iean de Niuelle
S'alla mettre dans la ceruelle
Que c'eſtoit quelque Mazarin,
Quoy qu'on luy diſt ne craignez rien :
Si que de cette porte à l'autre,
Il nous fallut virer la piautre.
Le ſuſnommé Iacques Buſchet
Vous mena tout droit au guiſchet
Qu'on nomme la Porte Brûlée,
Et ce fut là que l'Aſſemblée
Ordonna que Pierre Blondeau
Y iouroit de ſon riuereau,
Et ſans chercher tant de fineſſes
Feroit voler la porte en pieces.
Le maladroit manqua ſon coup
Car il ne fit qu'vn petit trou,
A peine y eut-il ouuerture
Ou vous puſſiez mettre la hure ;

Et neantmoins ce fut par là
Que François Poitou vous tira.
A peine fuſtes-vous paſſée
Que la Troupe eſtant amaſſée,
Chacun de nous y mit la main
Pour faire paſſer voſtre train.
Auſſitoſt à perte d'haleine
On vid venir vn Capitaine,
Courbeuille on dit qu'il a nom,
Ie ne ſçay ſi ie manque ou non.
Il eſt homme de grande addreſſe,
Bon ſeruiteur de voſtre Alteſſe,
Et qui n'a pas peu de renom
Dans le Palais du grand Gaſton.
Ce fuſt luy qui a cette porte
Vint le premier vous faire eſcorte,
Je ne ſçay pas quel compliment
Il dépeſcha ſi promptement;
Car pour lors de peur que la crotte
Ne fit dommage à voſtre cotte
Moy & mon compere Colas
Nous cherchions vne chaire à bras
Pour vous porter ſur nos eſpaules,
Ainſi qu'vne Reine des Gaules,
Et auancer en cét arroy

Iufqu'au milieu du Martroy.
On cherchoit parmy nos richeffes
Dequoy vous mettre fous les feffes,
On vous apportoit pour tapit
Vn des rideaux de noftre liɛt,
Et pour daix, la tapifferie
Qui nous fert à la Confrerie,
Nous euffions mefme à noftre voix
Ioint noftre veze & le hautbois;
Mais vous n'euftes la patience
D'attendre la magnificence,
Et pour nous ce fut vn malheur
Qu'auffitoft vint le Gouuerneur,
Et par apres parut le Maire
Qui pour haranguer nous fit taire.
Cependant on ne laiffa pas
De porter cette Chaire à bras,
Tandis qu'vn chacun par la ruë
Crioit, ô qu'elle eft bien venuë!
Ce font les Gars du Portereau
Qui l'ont aidée à paffer l'eau;
Que cette chaire eft honorée
D'auoir feruy à cette Entrée.
O que les voila glorieux!
O que leur meuble eft precieux!

Il paſſe nos tapiſſeries,
Nos velours & nos broderies.
En effet dés le meſme ſoir
Chacun venoit pour s'y aſſeoir,
C'eſtoit à qui fendroit la preſſe
Pour y pouuoir mettre vne feſſe,
Car pas vn n'eſtoit ſi heureux
Que d'y claquer toutes les deux :
Moy qui vous parle maiſtre Blaiſe,
I'y fus fort peu bien à mon aiſe,
Et ſi ie donnay vn eſcu
Pour y tenir longtemps le cul.
Pour acheuer toute l'hiſtoire
Par vn poinct digne de memoire,
Vn Mazarin qui s'y plaça
Peſa ſi fort qu'il la caſſa,
Sans doute le party contraire
S'eſt vangé ſur la pauure chaire,
Comme deſia il faiſoit nuict
Le traiſtre eſchappa, & s'enfuit.
Depuis ce temps noſtre milice
A voulu pour tirer Iuſtice
Prendre vne Eſpée à ſon coſté,
Mais les Bourgeois luy ont oſté ;
Neantmoins par voſtre priere

Chacun recouura ſa rapiere.
Ie vous proteſte au nom de tous
Qu'ils ne la portent que pour vous.
Sans toutefois que Bourgeoiſie
En doiue prendre ialouſie,
Car auec elle nous tâchons
De viure comme cochons ;
Mais ſi ce demon de Sicile
Montroit ſon neʒ à noſtre Ville
Vous verrieʒ bien toſt nos garçons
Ioüer de leurs eſtramaçons,
Et ſi la viande eſtoit preſte
Et qu'on luy eut coupé la teſte,
De nos femelles plus d'vn cent
Le mangeroient à belles dents.
Mais on nous dit que ſa charongne
Il traiſne aux confins de Bourgogne,
Et qu'il ſonge meſme à Paris ;
Fut-il plutoſt en Paradis;
Si pour les maux qu'on a ſoufferts
Dieu ne le veut mettre aux enfers.

Par ſon tres humble Seruiteur

DANGERVILLE.

A MADEMOISELLE,

*Sur ce qu'eftant accompagnée des feules Comteſſes
de Fiefque, & de Fronfac, elle s'eſt fait
ouuerture pour entrer dans Orleans.*

SONNET.

PRINCESSE en vous voyant au milieu de deux Graces
  On ne vous prendroit pas pour la fille d'vn Mars,
N'eſtoit qu'auecque vous fans armes & fans dars,
Elles peuuent entrer dans les plus fortes places.

  Nos murailles, nos Tours, nos portes, nos terraſſes,
Et cent bouches de feu qui bordent nos rempars
Ont nagueres fait ioug à leurs premiers regars,
Sans qu'on ait eu loiſir d'attendre vos menaces.

  Vos yeux doux conquerans ont eſté les vainqueurs
Qui vous ont aſſeuré l'empire de nos cœurs;
Pour vous y pratiquer vne belle ouuerture

  Deux Comteſſes vous ont aſſiſté de leurs bras,
Et leurs mains d'vn feul coup qui paſſe la nature
Ont mis en vn moment nos portes en éclas.

EPIGRAMME.

ORLEANS a baſty vn Temple dans l'Hiſtoire
  Au nom d'vne Guerriere, & à fes beaux exploits,
Pour l'auoir fecouru au plus fort du danger,
Et arracher nos Lys des mains de l'Eſtranger.
Princeſſe, dites-moy, y a t'il moins de gloire
De chaſſer l'Italien, qu'à repouſſer l'Anglois.

                  DANGERVILLE.

IMPRIMÉ a ÉVREUX, par CH. HÉRISSEY

le 15e jour de mai 1875

Pour H. HERLUISON, libraire

demeurant à Orléans.

TIRÉ A SOIXANTE EXEMPLAIRES

Dont quatre sur peau de vélin

$\mathcal{N}^o$

www.ingramcontent.com/pod-product-compliance
Lightning Source LLC
Chambersburg PA
CBHW061425170626
46811CB00005B/2131